水　影

深見けん二句集

深見けん二句集　水影（みずかげ）

凍雲に一筋届く煙あり　『父子唱和』

窓外の椿に雨や鉱山《やま》事務所

雨の中出てゐる神輿秋祭

春潮のひびける島の宮柱

転炉の火運河に映り明易き

炎天の海の見えゐる高炉かな

氷柱垂れ同じ構の社宅訪ふ

病臥

虫聞けば秋の如くに梅雨久し

焼跡の天の広さよ仏生会

月を見てをりたる父の諭すこと

外套の中の寒さを覚え立つ

鶯や我に親しき母の客

稲妻や夜の水打つ山の町

とまりたる蝶のくらりと風を受け

人のよき小さき目尻に汗の玉

青林檎旅情慰むべくもなく

浅間嶺へ夕立雲の屛風立ち

中流の鮎釣一歩歩を進め

盛んなる花火をかざさに橋往き来

母を亡くし友ここに住み都鳥

小走りの尼に蜥蜴のきらと剥ね

鶏頭のかむりの紅の初々し

雪降つてゐる赤門や冬休

病む父のありての家路寒の月

ガラス戸に額を当てて短き日

金魚また留守の心に浮いてをり

赤富士に滴る軒の露雫

去り難な銀河夜々濃くなると聞くに

離愁とは郭公が今鳴いてゐる

セーターの男タラップ駈け下り来

どこまでも枯桑遠く日が沈む

鳥居中遠くの鳥居初詣

母と妻街の噂を桜餅

空の色うつりて霧の染まるとか

茅舎青露庵

庭掃除とどき芒の乱るるも

長き夜の筧の音に柱立ち

菊の虻翅を光となして澄む

立つてゐる子は子の心初時雨

寒紅をひきしづかなる一日を

春燈下妻の型紙机を覆ふ

蛍飛ぶまで小説を読む女

ラジオ消し銀漢船に迫りたる

撫子にはじまる句碑の秋の草

秋耕の一人に瀬音いつもあり

屋上の夜の涼しさよ淋しさよ

湖碧し蜜柑の皮を投げ入れし

鴨流れゐるや湖流るるや

かびるもの黴び吾子の瞳の澄みにけり

吾子の口菠薐草のみどり染め

抱けば吾子眠る早さの春の宵

父逝く　四句

草青み父の衰へ止むべくも『雪の花』

中天に蛙鳴き更け父みとる

子の眠る春燈父の病む春燈

父の魂失せ芍薬の上に蟻

初富士の暮るるに間あり街灯る

剪定の一人の鋏音を立て

針叢の中へ一筋針納む

芝起伏してたんぽぽの黄を秘むる

金盞花畑に立てり朝の海女

流れゆくものの水になし猫柳

花挿してあれば窓にも深山蝶

日当りて雨はじきをり白牡丹

汗の顔もて来て会ひぬ生れし子に

夕空に新樹の色のそよぎあり

一人来て郭公鳴けり父の墓

日々勤め晩夏陸橋人に従き

銀座裏火の見櫓の夕焼けて

潮じめりして晩涼の髪膚かな

汗ひいてゆきつつ話すなつかしき

母いつか老のまなざし菊日和

船窓の如くに凭れ虫の窓

人ゐても人ゐなくても赤とんぼ

鵙鳴いてちらと子のこと退勤時

熔鉱炉火の色動く秋の風

秋の浜足跡あまた我も踏み

掛けて久し父の遺影も秋の晴

おそく来て若者一人さくら鍋

船を見てゐる外套の背を並べ

この軍旗かの枯山を幾度越えし

凩の吹ききはまりし海の紺

蜜柑むき人の心を考へる

小春日の母の心に父住める

峠に見冬の日返しゐし壁ぞ

つらら垂れいつよりかある星明り

年迫る追はるることはいつもいつも

秋から冬を（欧米行）　五句

菊の卓鷗は窓に翼ひろげ

橋のせて黒き運河の街冬に

セーヌ流れわが靴音に落葉降る

覚めて又同じ枯野のハイウエイ

エアメール葉書投函渡り鳥

一巌と一鳥冬の日本海 『星辰』

月照らす師のふるさとに師と旅寝

夕空は青とり戻し春隣

稽古会小諸に発す虚子忌かな

二昔とも昨日とも高虚子忌

向日葵のはばたきそめぬ朝日さし
向日葵の大輪風にゆるぎなく
デッサンの蟻百態のノートあり
かまつかのゆるみそめたる紅の張り
夕月の光を加ふ松納

地より暮れ雑草園の白菫

黒々と暮れて色ある紅葉山

黒き輪のゆれて日の落つ大晦日

朴の花揺れしづまりて座を得たる

空梅雨の月煌々とかなしけれ

灯のとどく夕顔に雨かぎりなし

コスモスのくらくらくらと風遊ぶ

日当りてしばらく紅葉散らぬとき

鶺鴒のつつと水辺に胸映す

ものの芽の一つ一つは傾ける

鎌倉に来て赤椿虚子椿

向いて来し金魚の顔と対しけり

走馬灯虚子桃邑と廻るなり

かなかなや森は鋼のくらさ持ち

月下美人たまゆらの香の満ちにけり

草に音立てて雨来る秋燕

まさらなる秋の扇のうらおもて

街中にふるさとはあり秋祭

秋彼岸詣り合はせてみな親し

胸の中まで日の射して年惜む

ものの芽のほぐるる先の光りをり

虚子庵の椿に立てば月日なし

薔薇園の薔薇よりも濃き夕茜

掃苔や父の一生一穢なし

萩に手をふれて昔の如く訪ふ

『花鳥来』

山寺の天の高きを来て仰ぐ
花の色白きを濃しといふべかり
雨の音どこかに残りちちろ虫
冬の蠅いきなり飛びて光りけり
雪のせて庭木一本づつ暮る

春眠の子のやはらかに指ひらき

玉のごと囀る一羽峡の空

まつくらな海へ見にゆく蛍烏賊

それぞれにくらしほどほど梅雨の月

烏瓜咲ききはまつてもつれなし

行き違ふ手提の中の供養菊

人はみななにかにはげみ初桜

かたかごの蕾ほとほと人遠し

どの花となくかたかごの戻りたる

椿寿忌やわが青春の稽古会

梨の花蜂のしづかににぎはへる
ちちははも神田の生れ神輿舁く
花菖蒲さびしき色をあつめたる
獺祭忌悪人虚子を敬ひて
店の中月の芒の一間あり

大年の上げ潮となりさくら橋

大玻璃戸春山一つやや険し

掃苔や隣の墓は知らぬ人

鶏頭の芯までほてりゐたりけり

どんぐりの影ものびたる土の上

蓮根掘体あづけて田舟押す

鴨四五羽翔ち二三羽のおくれ翔ち

更けて又除雪車街をゆつくりと

雪の川日のきらめきをのせにけり

雨かしら雪かしらなど桜餅

春の蚊やまみえてくらき翁像

湯浅桃邑氏七回忌

墓に立ち花に立ち又墓に立ち

蝶の影大きく飛んで白つつじ

新緑に吹きもまれゐる日ざしかな

散らばりてそれぞれ好きな薔薇に立つ

ふところに四万六千日の風

日のさしてをりて秋めく庭の草

蜻蛉のかさととまりし石の上

枯菊を焚きて焔に花の色

又別のところに焔落葉焚

節分の月に煙草の匂ひたる
雛の日の郵便局の桃の花
囀の一羽なれどもよくひびき
波に乗り残り鴨とはいへぬ数
一片の落花のあとの夕桜

紀の善の二階に座あり花衣

音のして即ちまぎれ落椿

しまひ日の朝顔市に来てゐたり

宵の町雨となりたる泥鰌鍋

ばらばらに賑つてをり秋祭

供へある柿の大きな子規忌かな

いろいろな角出来てゆく栗をむく

足垂らし飛ぶ蜂のあり秋日和

きらめきて萍紅葉はじまりし

悼　山口青邨先生

一刀を柩の上に冬の月

子供まづ走り込み来て年賀客

石踏みて汐のにじめる干潟かな

そのままに暮れすすみたる花曇

ビヤホール椅子の背中をぶつけ合ひ

蛍火の風に消え又風に燃え

浮巣見の舳の向きを立て直し

陰祭ながら支度の少しづつ

日かげにも咲きつらなりて草の花

木の実にも器量よしあし拾ひけり

芦の花ここにも沼の暮しあり

庭の中庭の外より松手入『余光』

供養針にも夕影といへるもの

その上へ又一枚の春の波

家よりも墓ひろびろと仏桑花

抜手切り父の貫録泳ぎけり

汗ひいて母は仏となりにけり

盆の花かかへて歩く畳かな

大阪に少しなじみて日短

母亡くし師走ひと日の川ほとり

浅野川ほとりの宿も注連の内

声揃へたる白鳥の同じかほ

暮れ方の畦火一《いつ》穂《すひ》立ちにけり

紅梅の蕊ふるはせて風にあり

茶摘女の終りの畝にとりつける

たしかめて又泳がせし囮鮎

琉金にやうやく飽きし子供かな

石一つ堰きて綾なす秋の水

一夜明け師のふるさとの秋日和

秋冷の横川にひとり師と対す

山《やま》間《あひ》に裏富士のあり紅葉狩

枯蔓のからみ垂れたる冬椿

大漁旗立てて一村年用意

枝の先いつも風あり冬の梅

凍蝶のそのまま月の夜となりし

ひたすらに瀬の流れゐる網戸かな

作り滝見るにも場所といふがあり

一望の田に夕風や送り盆

ずつしりと縄のしなひて懸煙草

窓開けて虫の世界に顔を出し

安房に来て十一月の鉦叩

まつすぐに落花一片幹つたふ

岩の面に影をひきつつ春の滝

てのひらに残れる鮎の香を洗ふ

罅走るままに丸ビル梅雨廊下

いつまでも埠頭の波の西瓜屑

茂りたる草にも秋の立ちにけり

八雲旧居

桔梗やヘルンの高き文机

天高しのり出したまふ磨崖仏

日本現代詩歌文学館　雑草園復元　二句

玄関のくらささむさもそのままに

冬座敷師の足音の聞えけり

代々の農を誇りに小正月

薄氷の吹かれて端の重なれる

其処此処にみどりもいろ新茶旗

夏至の日のなほ珠とあり沼の空

百年の昔の噴火舟遊び

腰に吊る瓢つやつや踊りけり

天高し抱いて明日香はまなむすめ

鳰の笛正倉院を離れ来て

棲とつて南大門を春著の娘

松過といふ光陰を惜みけり

羽撓め撓め雪加の鳴き移り

浮御堂こぼれ子燕飛び習ふ

尾瀬

蜻蛉生る池《ち》塘《たう》の水の昏きより

母の忌の花火いくつも上りけり

草むらに落ちて沈みし桐一葉

風に乗り雲に乗りたる朴落葉

仏壇の兄はみどり児小豆粥

重なりて花にも色の濃きところ

風よりも荒く蝶来る牡丹かな

青林檎小諸も虚子もはるかなる

秋風や草の中なる水の音

風の音山の音とも紅葉散る

叙勲の名一眺めして文化の日

駆け寄って二人は双子七五三

源氏山時雨の糸をひきそめし

丸ビルの窓の冬日は虚子も見き

玲瓏とわが町わたる冬至の日

雲の出て力ゆるみし寒牡丹

わが胸の星の数ほど犬ふぐり

盛岡

師の墓のうしろの石に涼みけり

流燈を置きて放さず川流れ『日月』

朝顔の大輪風に浮くとなく

いつしかに遠きちちはは萩の花

よぎりたる蜂一匹に水澄める

気ままなる妻との暮し小鳥来る

冬帽子目深に今日も町へ出づ

石手寺の松に上がりし冬の月

家訓とてなくて集まる二日かな

楊名時太極拳師範会

稽古して太極無極梅の花

虚子庵の椿も今は語り種《ぐさ》

野遊の弁当赤き紐ほどく

「花鳥来」鎌倉吟行

先生の墓に、《ちゅ》とゐて春の蠅

われらみな虚子一門や春の風

枝々に重さ加はり夕桜

白牡丹大輪風にをさまらず

やませ吹く師の墓山にわれら今

あぢさゐの萌黄の毬の照り合へる

汗の玉冷たく胸をつたひけり

はるばると通ふ効能土用灸

屑金魚などと云はれて愛さるる

湧き立ちて静けさつのる泉かな

気配して日のかげりたる草の花

鐘一打秩父の秋を深めたる

青邨忌までのしばらく十二月

あとさきに来て掛け並べ冬帽子

今日に如く冬麗はなし友来り

初髪の鼻筋に日のかぐはしく

悼　上野章子先生

凜として水仙の香を遺されし

下草を夕日の染むる彼岸かな

咲きふえてなほ枝軽き朝桜

諄々と花鳥の教へ虚子忌来る

花を見る少し老いたる心もて

あをによし奈良の一夜の菖蒲酒

白炎となりしづもれる牡丹かな

悼　清崎敏郎氏

立ち憩ふ大夏木陰今はなく

遠野

下闇や河童と会ひし人の貌

真ん中の棒となりつつ滝落つる

滝壺のたぎちたぎちてうすみどり

目をつむり右手ひたひに籐寝椅子

悼　藤松遊子氏

君までも逝かれいよいよ梅雨深し

降り出してすぐにしぶけり竹煮草

うつむける口もと若し盆の僧

朝顔の瑞《みづ》の一碧張りにけり

一弁を摘み厚物を整ふる

何につけただただ一途木の葉髪

紅葉にも火の廻りたる落葉焚

俳諧の他力を信じ親鸞忌

丹田にのりし全身寒稽古

一樹即一円をなし落椿

亡き友に語りかけつつ春惜む

藤房の中に門灯点りけり

この頃の降れば荒れぐせ蝸牛

睡蓮の近くの紅はつまびらか

掬はれし金魚二三度撓ひたる

ただならぬ九月二日の暑さかな

かまつかや版画家芥子ここに住む

糸瓜忌や虚子に聞きたる子規のこと

どこそことなしに一気や彼岸花

時雨るるや座右去来抄歎異抄

一言の冷たかりけりいつまでも

自らに問ふこと多し冬泉

ざわめきの天より起る落葉かな

数の子や金婚さして遠からず

社運かけ二十数名初詣

真つ向にさし来る虚子の冬日かな

先生は大きなお方龍の玉

一花にも大空湛へ犬ふぐり

老いてなほ小さき立志梅白し

それなりに屏風に影や豆雛

曇天のひとかけらづつ辛夷散る

日陰より眺め日向の春の水

青空の切り込んでをり濃紅梅

海見えて太平洋やつばくらめ

叡山へ代田植田と棚をなし

傾ける枝に傾き朴の花

ででむしや久女の墓は虚子の文字

滝口のせり上りつつ水落とす

春蟬の声一山をはみ出せる

名にし負ふ傳法院の大夏木

海に日の沈みてよりの夏料理

岩牡蠣を大きく育て土用波

月影に籠の鈴虫ひとしきり

ゆるむことなき秋晴の一日かな

師の小諸銀河流るる音の中

大正も昭和も生きてさんま食ふ

稲刈機四角四面を刈り進む

奥までも幹に日当る枯木立

山宿に灯の入る頃の落葉かな

寒鯉の口の白さの進みけり

冬桜残んの花といふさまに

落蝉に蟻ひとたびは弾かるる

水影をゆらりと置きし初紅葉

草も又山の錦に従ひぬ

人影に時に人声冬泉

襟巻をして不機嫌な者同士

そのまはり水光らせて水草生ふ

初花や机上光悦うたひ本

形代の白こそ男の子我の手に

形代の黄はをみなとぞ妻の手に

木にこもる雨の蛍火数知れず

一礼を天神さまへ木の実落つ

彦根へと話の飛びし十三夜

うち晴れてものなつかしく末枯るる

管物の先の先までゆるみなし

水鳥の水をつかんで翔び上り

楓の芽更に仰ぎて欅の芽

咲きこもり咲き溢れたる藪椿

源氏山その懐の長閑けしや

冷え冷えと落花を重ね南部桐

小さき蟻更に細かき蟻もゐて

月よりの風が涼しく届きけり

白玉や子供の頃の灯は赤く

遠くほど風の芒となつてゐし

別れ来し誰彼の顔秋の風

お不動の力賜はれ七五三

豆雛の唇はなけれどそのあたり

花待てば花咲けば来る虚子忌かな

松の芯今日も芭蕉の跡たづね

悼 楊名時師家

限りなき天の慟哭男梅雨

雨降つてゐるやうに群れあめんぼう

あとがき

この度の句集では、既刊六句集から三五〇句を選び、その後を加えて三八〇句とした。

高浜虚子・山口青邨両師をはじめ、多くの方のおかげ、支えにより、今日に至った思いがいよいよ深い。

二〇〇五年一一月一五日

深見けん二

著者略歴

深見けん二（ふかみ・けんじ）

大正11年3月5日　福島県に生る。

昭和16年高浜虚子、17年山口青邨に師事。

句集『花鳥来』（第31回俳人協会賞）『日月』（第21回詩歌文学館賞）など。評論集『虚子の天地』『四季を詠む』小島ゆかり氏と共著『私の武蔵野探勝』など。「花鳥来」主宰、「ホトトギス」「珊」「屋根」同人。俳人協会名誉会員。文芸家協会会員。楊名時太極拳師範。

現住所　〒359-0024 所沢市下安松50－32

＊句集製作年代

1 父子唱和　昭和16年――昭和30年　昭和31年刊
2 雪の花　昭和31年――昭和50年　昭和52年刊
3 星晨　昭和51年――昭和56年　昭和58年刊
4 花鳥来　昭和57年――平成1年　平成3年刊
5 余光　平成1年――平成9年　平成11年刊
6 日月　平成9年――平成13年　平成17年刊
7 日月以後　平成14年――平成17年

・季題索引

あ

青林檎（あおりんご）夏 …… 五一
赤蜻蛉（あかとんぼ）秋 …… 一六
赤富士（あかふじ）夏 …… 一七
秋扇（あきおうぎ）秋 …… 三五
秋風（あきかぜ）秋 …… 一六・五二・七六
秋燕（あきつばめ）秋 …… 二〇
秋の草（あきのくさ）秋 …… 七二
秋の蟬（あきのせみ）秋 …… 一六
秋の浜（あきのはま）秋 …… 四一
秋の水（あきのみず）秋 …… 四三
秋晴（あきばれ）秋 …… 一七・七〇
秋彼岸（あきひがん）秋 …… 二五
秋日和（あきびより）秋 …… 三七・五三
秋深し（あきふかし）秋 …… 三六
秋祭（あきまつり）秋 …… 二二・二五・二六
秋めく（あきめく）秋 …… 三四
明易し（あけやすし）夏 …… 二二
朝顔（あさがお）秋 …… 五四・六二
朝顔市（あさがおいち）夏 …… 三一
紫陽花（あじさい）夏 …… 五七
芦の花（あしのはな）秋 …… 三九

小豆粥（あずきがゆ）新年 …… 五一
汗（あせ）夏 …… 四・一四・一五・五七
畦焼く（あぜやく）春 …… 四二
天の川（あまのがわ）秋 …… 七・一〇・七〇
網戸（あみど）夏 …… 四四
水馬（あめんぼう）夏 …… 七七
鮎（あゆ）夏 …… 五・四二・四六
蟻（あり）夏 …… 二一・七五
泉（いずみ）夏 …… 五八
迅つる（いつる）冬 …… 二
稲妻（いなづま）秋 …… 四三
稲刈（いねかり）秋 …… 一四
犬ふぐり（いぬふぐり）春 …… 五三・六七
浮巣（うきす）夏 …… 三九
鶯（うぐいす）春 …… 四
薄氷（うすらい）春 …… 四八
梅（うめ）春 …… 五五・六八
末枯（うらがれ）秋 …… 七四
襟巻（えりまき）冬 …… 七二
大晦日（おおみそか）冬 …… 二二・三一
送り盆（おくりぼん）秋 …… 四五

か

落葉（おちば）冬 …… 一九・三四・五一・六三・六六・七一
踊（おどり）秋 …… 四〇
泳ぎ（およぎ）夏 …… 四九

外套（がいとう）冬 …… 一七
懸煙草（かけたばこ）秋 …… 四五
数の子（かずのこ）新年 …… 六六
片栗の花（かたくりのはな）春 …… 一二九
蝸牛（かたつむり）夏 …… 六四・六九
郭公（かっこう）夏 …… 七・一四
徽（かび）夏 …… 七一
鴨（かも）冬 …… 一二・一三二
烏瓜の花（からすうりのはな）夏 …… 二八
枯木（かれき）冬 …… 七一
枯菊（かれぎく）冬 …… 二二
枯桑（かれくわ）冬 …… 一九
枯野（かれの）冬 …… 二二
蛙（かわず）春 …… 七二
寒稽古（かんげいこ）冬 …… 六三
寒鯉（かんごい）冬 …… 七一
寒紅（かんべに）冬 …… 九

寒牡丹（かんぼたん）冬 ……………… 一五一
桔梗（ききょう）秋 ……………… 一四七
菊（きく）秋 ……………… 一一九・一六二・一七四
菊供養（きくくよう）秋 ……………… 一二六
菊日和（きくびより）秋 ……………… 一二五
虚子忌（きょしき）春 ……………… 一二五
霧（きり）秋 ……………… 二〇・二九・六〇・七七
桐の花（きりのはな）夏 ……………… 一六四
桐一葉（きりひとは）秋 ……………… 一七五
金魚（きんぎょ）夏 ……………… 五〇
金盞花（きんせんか）春 ……………… 七・二四・四三・五七・六四
草青む（くさあおむ）春 ……………… 三一
草の花（くさのはな）秋 ……………… 二九・五八
栗（くり）秋 ……………… 三七
鶏頭（けいとう）秋 ……………… 八・三一
夏至（げし）夏 ……………… 二四
月下美人（げっかびじん）夏 ……………… 四二・六八
紅梅（こうばい）春 ……………… 一七
蟋蟀（こおろぎ）秋 ……………… 四一
凩（こがらし）冬 ……………… 六一
木下闇（こしたやみ）夏 ……………… 四一
小正月（こしょうがつ）新年 ……………… 二三
コスモス（こすもす）秋 ……………… 六〇
小鳥来る（ことりくる）秋 ……………… 五一

木の葉髪（このはがみ）秋 ……………… 六二
木の実（このみ）秋 ……………… 三九・七四
小春日（こはるび）冬 ……………… 一八
辛夷（こぶし）春 ……………… 六七

さ

囀（さえずり）春 ……………… 二八・三五
桜（さくら）春 ……………… 三五・五六・五九
桜鍋（さくらなべ）春 ……………… 一七
桜餅（さくらもち）春 ……………… 八・三二
寒し（さむし）冬 ……………… 四・四七
残暑（ざんしょ）秋 ……………… 六四
秋刀魚（さんま）秋 ……………… 三七
潮干潟（しおひがた）春 ……………… 三〇・三七・六五
子規忌（しきき）秋 ……………… 五二・六五
時雨（しぐれ）冬 ……………… 七六
七五三（しちごさん）冬 ……………… 五一・二七・三四
四万六千日（しまんろくせんにち）夏 ……………… 三四
芍薬（しゃくやく）夏 ……………… 一二
十一月（じゅういちがつ）冬 ……………… 四五
秋耕（しゅうこう）秋 ……………… 一〇
春潮（しゅんちょう）春 ……………… 九・一二
春燈（しゅんとう）春 ……………… 二八
春眠（しゅんみん）春 ……………… 一二
春暁（しゅんぎょう）春 ……………… 六〇
菖蒲酒（しょうぶざけ）夏 ……………… 三三
除雪車（じょせつしゃ）冬 ……………… 三二

白玉（しらたま）夏 ……………… 七六
代田（しろた）春 ……………… 六八
師走（しわす）冬 ……………… 四一
新樹（しんじゅ）夏 ……………… 一一
新茶（しんちゃ）夏 ……………… 四八
親鸞忌（しんらんき）冬 ……………… 六三
新緑（しんりょく）夏 ……………… 二三
西瓜（すいか）秋 ……………… 五六・五九
水仙（すいせん）冬 ……………… 一七
睡蓮（すいれん）夏 ……………… 六四
芒（すすき）秋 ……………… 八・三〇・七六
涼し（すずし）夏 ……………… 一〇・一五・五三・七六
鈴虫（すずむし）秋 ……………… 七〇
菫（すみれ）春 ……………… 五八
青邨忌（せいそんき）冬 ……………… 五〇
セーター（せーたー）冬 ……………… 一七
鶺鴒（せきれい）秋 ……………… 一三
雪加（せっか）夏 ……………… 一五
節分（せつぶん）春 ……………… 二三
剪定（せんてい）春 ……………… 三五
走馬灯（そうまとう）夏 ……………… 二四

た

滝（たき）夏 ……………… 六・四一
竹煮草（たけにぐさ）夏 ……………… 四五・六一・六九
短日（たんじつ）冬 ……………… 六二

蒲公英（たんぽぽ）春……一三
茶摘（ちゃつみ）春……四二
蝶（ちょう）春……四・一四
月（つき）秋……三・二〇
躑躅（つつじ）春……三三
椿（つばき）春
……二・二四・二六・三六・五五・六三・七五
燕（つばめ）春……六八
燕の子（つばめのこ）夏……五〇
冷たし（つめたし）冬……六五
梅雨（つゆ）夏
……三・二二・二八・四六・六一・七七
氷柱（つらら）冬……三・一八
天高し（てんたかし）秋……二七・四七・四九
籐椅子（とういす）夏……六一
冬至（とうじ）冬……五三
蜥蜴（とかげ）夏……六
年惜む（としおしむ）冬……二五
年の暮（としのくれ）冬……一八
年用意（としようい）冬……四四
泥鰌鍋（どじょうなべ）夏……三六
土用灸（どようきゅう）夏……五七
土用波（どようなみ）夏……七〇
団栗（どんぐり）秋……三一
蜻蛉（とんぼ）秋……三四
蜻蛉生る（とんぼうまる）夏……五〇

な

夏越（なごし）夏……七三
梨の花（なしのはな）春……三〇
夏木立（なつこだち）夏……六〇・六九
夏料理（なつりょうり）夏……六九
鳰（にお）冬……四九
猫柳（ねこやなぎ）春……一三
年始（ねんし）新年……三八
野遊び（のあそび）春……五六
残る鴨（のこるかも）春……三五
後の月（のちのつき）秋……七四
長閑（のどか）春……七五
野山の錦（のやまのにしき）秋……七二

は

萩（はぎ）秋……二六・五四
白鳥（はくちょう）冬……四二
葉鶏頭（はげいとう）秋……二一・六五
蓮根掘る（はすねほる）冬……三二
初髪（はつかみ）新年……五九
初時雨（はつしぐれ）冬……九
初花（はつはな）春……二九・七三
初富士（はつふじ）新年……一二
初詣（はつもうで）新年……八・六六
初紅葉（はつもみじ）秋……七二
花（はな）春……二七・三三・五一
花曇（はなぐもり）春……三八
花衣（はなごろも）春……三六
花菖蒲（はなしょうぶ）夏……三〇
花火（はなび）夏……五・五〇
花見（はなみ）春……六〇
薔薇（ばら）夏……二六・三三
針供養（はりくよう）春……一三・四〇
春惜む（はるおしむ）春……六三
春風（はるかぜ）春……五六
春着（はるぎ）新年……四九
春蟬（はるぜみ）春……六九
春隣（はるどなり）冬……二〇
春の蚊（はるのか）春……三三
春の滝（はるのたき）春……四六
春の波（はるのなみ）春……四〇
春の蠅（はるのはえ）春……五六
春の水（はるのみず）春……六八
春の山（はるのやま）春……三一
春の宵（はるのよい）春……一一
晩夏（ばんか）夏……一五
ビール（びーる）夏……三八
彼岸（ひがん）春……五九
蜩（ひぐらし）秋……二四
雛祭（ひなまつり）春……三五・六七・七七
向日葵（ひまわり）夏……二一

冷やか（ひややか）秋……四三
藤（ふじ）春……六四
二日（ふつか）新年……五五
仏生会（ぶっしょうえ）春……三
仏桑花（ぶっそうげ）夏……四〇
船遊（ふなあそび）夏……四八
冬（ふゆ）冬……一九
冬麗（ふゆうらら）冬……五九
冬桜（ふゆざくら）冬……七一
冬座敷（ふゆざしき）冬……四七
冬椿（ふゆつばき）冬……四四
冬の泉（ふゆのいずみ）冬……六六・七二
冬の海（ふゆのうみ）冬……二〇
冬の梅（ふゆのうめ）冬……四四
冬の蝶（ふゆのちょう）冬……四四
冬の月（ふゆのつき）冬……六・三七・五五
冬の蠅（ふゆのはえ）冬……二七
冬の山（ふゆのやま）冬……一七
冬日（ふゆひ）冬……一八・五三・六六
冬帽子（ふゆぼうし）冬……五五・五八
冬休（ふゆやすみ）冬……六
文化の日（ぶんかのひ）秋……五二
菠薐草（ほうれんそう）春……一一
朴の花（ほおのはな）夏……二二・六八
墓参（ぼさん）秋……二六・三一
螢（ほたる）夏……一〇・三八・七三
螢烏賊（ほたるいか）春……二八
牡丹（ぼたん）夏……一四・五一・五六・六〇
盆（ぼん）秋……六二
盆花（ぼんばな）秋……四一

ま

松納（まつおさめ）新年……二一
松過（まつすぎ）新年……四九
松手入（まつていれ）秋……四〇
松の内（まつのうち）新年……四一
松の芯（まつのしん）夏……七七
祭（まつり）夏……三〇・三九
曼珠沙華（まんじゅしゃげ）秋……六五
蜜柑（みかん）冬……一一・一八
水草生う（みくさおう）春……七三
水草紅葉（みずくさもみじ）秋……三七
水澄む（みずすむ）秋……五四
水鳥（みずとり）冬……七四
都鳥（みやこどり）冬……五
虫（むし）秋……一六・四五
鵙（もず）秋……一六
ものの芽（もののめ）春……二三・二六・七五
紅葉（もみじ）秋……二二
紅葉狩（もみじがり）秋……四三
紅葉散る（もみじちる）冬……二三・五二

や

やませ（やませ）夏……五七
夕顔（ゆうがお）夏……二三
夕立（ゆうだち）夏……五
夕焼（ゆうやけ）夏……一五
雪（ゆき）冬……二七・三二
夜長（よなが）秋……九

ら

落花（らっか）春……四六
立秋（りっしゅう）秋……四七
流燈（りゅうとう）秋……五四
龍の玉（りゅうのたま）冬……六七

わ

渡り鳥（わたりどり）秋……一九

発　行　二〇〇六年四月八日　初版発行　二〇一一年六月八日　第二刷
著　者　深見けん二©
発行人　山岡喜美子
発行所　ふらんす堂
〒182-0002　東京都調布市仙川町一―一五―三八―2F
TEL（〇三）三三二六―九〇六一　FAX（〇三）三三二六―六九一九
URL：http://furansudo.com/　E-mail：info@furansudo.com

句集　水影　ふらんす堂文庫

振　替　〇〇一七〇―一―一八四一七三
装　丁　君嶋真理子
印刷所　トーヨー社
製本所　並木製本
ISBN978-4-89402-791-6 C0092 ¥1200E